AF381009

Analyse de l'œuvre

Par Vincent Guillaume
et Marie-Sophie Wauquez

Le Jour du chien

de Caroline Lamarche

Rendez-vous sur lepetitlitteraire.fr et découvrez :

Plus de 1200 analyses
Claires et synthétiques
Téléchargeables en 30 secondes
À imprimer chez soi

CAROLINE LAMARCHE   **9**

LE JOUR DU CHIEN   **11**

RÉSUMÉ   **15**

Un incident banal

Six esprits troublés

Une nouvelle voie à suivre

Des sensibilités insoupçonnées

ÉTUDE DES PERSONNAGES   **25**

Le camionneur

L'abbé Jean

La femme qui veut rompre

Phil

La mère

Anne

CLÉS DE LECTURE   **35**

Un roman choral

Révélation personnelle
et commune

La thématique de l'abandon

Au-delà des apparences

PISTES DE RÉFLEXION   **49**

POUR ALLER PLUS LOIN   **53**

CAROLINE LAMARCHE

ROMANCIÈRE, POÈTE, NOUVELLISTE ET DRAMATURGE BELGE

- **Née en 1955 à Liège (Belgique)**
- **Quelques-unes de ses œuvres :**
  - *La Nuit l'après-midi* (1998), roman
  - *J'ai cent ans* (1999), recueil de nouvelles
  - *Twee vrouwen van twee kanten/Entre-deux* (2003), avec Hilde Keteleer, recueil de poésie

Caroline Lamarche passe son enfance et son adolescence en Espagne, puis en France. Revenue en Belgique à 18 ans, elle étudie la philologie romane à Liège. À cette époque, elle vit une crise personnelle qui lui cause de graves insomnies. Celles-ci cessent lorsqu'elle se lance véritablement dans l'écriture, en 1990. La dynamique souffrance-espoir à laquelle Caroline Lamarche a été confrontée dans sa vie se retrouve dans ses œuvres, qu'elle réalise dans des registres variés. Elle rédige en effet romans, poèmes, nouvelles, pièces de théâtre et textes radiophoniques.

LE JOUR DU CHIEN

SIX REGARDS
SUR UN MÊME FAIT DIVERS

- **Genre** : roman
- **Édition de référence** : *Le Jour du chien*, Bruxelles, Éditions Luc Pire, coll. « Espace Nord », 2008, 144 p.
- **1re édition** : 1996
- **Thématiques** : abandon, révélation, souffrance, introspection, portrait, sentiments

Le Jour du chien est un roman. Pourtant, chacun de ses six chapitres constitue une histoire qui semble d'abord indépendante et dont le récit est pris en charge par un narrateur distinct. Ce qui rassemble ces histoires dispersées, tantôt désespérées, tantôt douces-amères, c'est la vision d'un chien courant sur l'autoroute en présence de six personnes sidérées.

Écrit en 1996, *Le Jour du chien* a remporté le prix Rossel l'année suivante. Salué unanimement par les critiques et les lecteurs, traduit en plusieurs langues, il a été inspiré par une rencontre réelle avec un chien perdu sur l'autoroute E411 ; une rencontre qui bouleversa Caroline Lamarche.

RÉSUMÉ

UN INCIDENT BANAL

Anne et sa mère circulent sur l'autoroute. Elles ont récemment vécu un drame familial : Nico, le père d'Anne, vient de mourir d'un cancer. Cet évènement tragique a encore creusé le fossé qui les séparait déjà : Anne n'a jamais été proche de sa mère et lui préférait son père ; de son côté, cette dernière entretenait une relation fusionnelle avec son mari, surtout depuis que la maladie leur a fait découvrir le « noyau », l'« élan vital » (p. 81) indestructible d'une personne, ce qui les a aidés à vivre ensemble de façon plus essentielle, plus intense et plus vraie lors du combat contre la tumeur. Elle a délaissé sa fille, tout en remarquant le comportement « bizarre » (p. 89) de celle-ci à son égard et son attachement plus prononcé envers son père.

En outre, la perte de cet être cher a provoqué des changements dans la vie des deux femmes : Anne, devenue boulimique, n'arrive pas à extérioriser sa souffrance et en veut à cette mère qui semble si bien s'accommoder de sa peine. La jeune fille se sent indésirable et invisible aux yeux des autres. Pour sa part, la mère, afin de combler le manque, cherche à se rendre utile en offrant ses services à l'Association des Veuves.

Soudain, mère et fille voient un camionneur s'arrêter et leur faire signe pour les avertir d'un danger : un chien est en train de courir le long du terreplein de l'autoroute. Au volant, Anne décide d'immobiliser le véhicule. De même, d'autres automobilistes et un cycliste qui roulait le long des bandes de circulation, remarquent l'animal abandonné et s'arrêtent.

SIX ESPRITS TROUBLÉS

Anne se lance à la poursuite de ce chien pour tenter de le sauver. Elle voudrait si désespérément qu'on s'intéresse à elle qu'elle imagine des scénarios dans ce but, comme cet « accident [qu'elle] aurai[t] causé en courant » (p. 97), pour qu'on la remarque enfin. Elle se sent très concernée par ce chien et s'identifie à lui en imaginant qu'il s'appelle aussi Anne et qu'il est, comme elle, un être abandonné.

Elle entend alors sa mère lui crier qu'il n'y a rien à faire pour cet animal et, pour la première fois, elle cesse de la détester « pour la plaindre » (p. 104) : sa mère n'a pas recouvré l'espoir qu'elle-même vient de retrouver grâce à ce chien qui, en temps normal, n'intéresserait personne. Elle se voit en train de courir avec détermination, sans autre but que celui de trouver l'homme de sa vie pour sortir enfin de ce deuil qui l'accable et prendre son envol.

De son côté, à cet instant précis, la mère se souvient de son mari : « Rien à faire », disait souvent Nico alors que son cancer commençait à l'emporter. Elle lui en a voulu quand il a finalement abandonné tout espoir et est mort ; c'est pour oublier ce renoncement qu'elle participe désormais aux œuvres caritatives. Elle repense aussi à sa fille, qu'elle continue à fuir, et sent que celle-ci serait plus heureuse sans elle.

En fait, c'est peut-être parce qu'elle a toujours pensé cela qu'elle n'a pas réussi à se rapprocher d'Anne. Elle voudrait que sa fille aille de l'avant, qu'elle s'émancipe, et pense que pour cela, elle doit « mourir à ses yeux » (p. 89) et être reniée par Anne. C'est pourquoi elle se félicite d'avoir crié à sa fille qu'il n'y avait rien à faire pour sauver ce chien.

Si la vision de cet animal égaré suscite des souvenirs et des réflexions sur l'existence chez Anne et sa mère, les autres témoins de cet incident banal sont tout aussi bouleversés.

UNE NOUVELLE VOIE À SUIVRE

Phil, le cycliste, roule en vélo sur l'autoroute depuis qu'il a pris conscience qu'il n'était pas important pour ses amis, lesquels l'ont rejeté lorsqu'il leur a fait part de ses problèmes : d'abord les humiliations et le mépris de Mme Loupe – son ex-employeuse obèse – à son égard, à cause de son homosexualité, puis de son licenciement.

Quand il aperçoit cette bête abandonnée, Phil vire brusquement, chute et se blesse au genou. C'est alors que la raison de cette course à vélo – raison qu'il tentait d'oublier – lui revient tout à coup en mémoire. Il comprend qu'il doit se résigner à son sort de jeune chômeur pour continuer à avancer dans la vie et résoudre ses problèmes.

Parmi les témoins se trouve également un vieux

prêtre, l'abbé Jean, dont la foi décline. Il a lui aussi une révélation en apercevant le chien sur l'autoroute : il se voit lui-même comme un « chien fou » (p. 28), fuyant la mort à ses trousses, et comprend alors qu'il doit abandonner sa quête, c'est-à-dire les recherches qu'il a entreprises dans toutes les bibliothèques paroissiales pour retrouver Sophie, une femme singulière à ses yeux, comme l'est aussi ce chien sur l'autoroute.

L'abbé a rencontré cette personne le jour où l'on abattait des saules devant l'église Saint-Roch. Pour la distraire de sa peine, causée par le spectacle des arbres effondrés, il lui a fait visiter l'église. Puis ils se sont revus tous les dimanches à la bibliothèque, pendant un an. Un beau jour, elle n'est pas venue et, depuis, il ne l'a plus jamais vue. Jean s'est alors senti comme cet animal : abandonné. Et selon son interprétation, ce chien lui montre maintenant le reste du chemin à parcourir jusqu'à la mort : une « violence aveugle dans la course qui définit la vieillesse bien mieux que les images d'acceptation sereine » (p. 46).

DES SENSIBILITÉS INSOUPÇONNÉES

Le camionneur qui s'est arrêté le premier a

une soudaine « envie de pleurer devant tout le monde » (p. 12), sans qu'il sache vraiment pourquoi. Sensible au sort des animaux et rédacteur de lettres fantaisistes pour le courrier des lecteurs de journaux et de revues, il pense à une histoire qu'il pourrait raconter sur les bêtes abandonnées, comme ce chien a dû l'être par son maitre, et comme lui-même l'a été par ses parents. Il pense à la solitude.

Seul, en effet, il l'est : dans son métier de transporteur de marchandises, dans les histoires qu'il invente à partir de ses observations de la vie quotidienne – et qui lui permettent d'épancher son trop-plein d'opinions –, dans sa vie sociale et dans sa vie affective. Il s'est d'ailleurs confié à ce sujet à une journaliste qui a été touchée par cette sensibilité plutôt inattendue chez un camionneur. Cet homme décide alors d'écrire l'histoire du chien au Journal des Familles et de faire suivre la réponse à cette journaliste.

Enfin, une dernière personne croise la route de ce chien égaré : il s'agit d'une femme qui s'apprête à rompre avec un amant qu'elle retrouve à travers cette bête : un animal rendu fou par la douleur de l'abandon. En proie à « une tempête immense »

(p. 55) de sentiments confus et désespérés, elle ne va pas au rendez-vous au cours duquel elle pensait annoncer la rupture, mais préfère se rendre au cinéma afin de se libérer de l'emprise de son amant et de comprendre d'où vient sa souffrance : « J'étais devant l'écran pour laisser toute sa place à la tempête, pour être dans le noir, tout simplement, entourée de personnes préoccupées d'autre chose que de moi, pour que l'illusion supérieure des images me libère de ton influence [...] » (LAMARCHE C., *Le Jour du chien*, Paris, Les Éditions de Minuit, 1996, p. 64-65).

Elle se rend alors compte que sa tendance à abandonner les gens systématiquement et « sans regarder en arrière » (p. 57), dès qu'elle a l'impression de s'en éloigner, est peut-être due au fait – rapporté par sa mère – qu'elle a elle-même été abandonnée par sa nourrice étant bébé. Elle pense avoir créé un automatisme à partir de cette expérience dont elle ne peut se souvenir, et comprend que celui-ci la fait agir contre sa volonté profonde, car elle se préparait en définitive à rompre alors qu'elle est encore dépendante de son amant.

Plus tard, elle quitte toutefois son amant, qui s'en

remet mieux qu'elle ne l'avait escompté ; de son côté, elle semble ignorer quels sont ses propres sentiments. Elle s'en inquiète un temps, jusqu'à ce qu'une émission de radio humoristique ne lui fasse prendre conscience qu'elle se tourmente trop et ne lui redonne de la légèreté.

ÉTUDE DES PERSONNAGES

LE CAMIONNEUR

Le camionneur ne correspond pas complètement à l'idée que l'on se fait des gens de son corps de métier : de carrure modeste, végétarien depuis qu'il a livré de la viande, très observateur et sensible, c'est une âme poétique qui ressent un besoin très fort de s'exprimer.

Solitaire, il parle peu et préfère envoyer des lettres dans lesquelles il raconte des histoires qu'il crée : par exemple, il imagine un enfant qui vomit à la vue d'une taie d'oreiller séchant à la fenêtre d'un voisin. « [C]réer, c'est mon boulot » (p. 12), dit-il. À tel point qu'il pense avoir peut-être également imaginé le chien !

Sans enfants et alors que sa femme Germaine l'a quitté, il s'invente souvent une famille à laquelle il greffe le vécu qu'il observe chez d'autres personnes pour parler de ce qu'il ressent et de ce qu'il voudrait montrer ou dénoncer afin de se sentir utile.

La vue du chien sur l'autoroute provoque en lui une vive émotion : le camionneur est pris d'une forte envie de pleurer. Cette apparition lui évoque quelques histoires dont il a envie de partager le sens profond avec tous. Il veut décrire la réaction de ses enfants – qui n'existent que dans le cadre de sa fiction – pour dénoncer les maltraitances animales et sensibiliser le monde à cette cause qui lui tient à cœur.

L'ABBÉ JEAN

Ce sexagénaire, curé de cinq paroisses, aime particulièrement le récit biblique de Jacob qui, après sa lutte avec l'ange, reçoit de Dieu le nom d'Israël. Lui aussi aurait aimé savoir qui il est devenu (il pense l'avoir appris du chien qui courait et auquel il s'identifie) et recevoir un nouveau nom afin de compenser l'impuissance – le renoncement à la virilité, à l'acte de chair – qui, lui semble-t-il, est une condition requise pour servir Dieu.

En proie à des pensées morbides, l'abbé considère le sexe comme une force qui lui serait refusée. En outre, il est déçu par sa paroisse qui, selon lui, a perdu la passion ; le visage de Dieu parmi eux est pour lui semblable à celui du chien, c'est-à-dire « privé du regard qui l'a illuminé » (p. 46).

Sophie lui a apporté espoir et force en réveillant sa vocation (il la réconforte lorsque les saules sont abattus) et sa capacité à aimer. Puis elle l'a abandonné. Depuis sa disparition, Jean est en quête d'une nouvelle vitalité, d'une réponse de Dieu aux questions qu'il se pose sur lui-même, et ce jusqu'à ce qu'il perçoive dans ce chien l'image d'une indicible solitude dont il ne pourrait se défaire que dans la mort, un sort auquel il semble désormais se résigner.

LA FEMME QUI VEUT ROMPRE

Cette femme voit son désir de vie (exprimé dans son gout pour l'art – son style est très poétique, très imagé, et son amant est bibliothécaire au musée d'Art moderne – et le sexe) contrarié par sa personnalité, marquée par l'angoisse et par une stratégie de défense (l'abandon) qui s'avère néfaste. Cette personnalité angoissée s'exprime dans les « phases » suivantes :

- elle cherche d'abord à mettre fin à sa relation amoureuse par crainte de l'« Immense
  Amour » (Les Éditions de Minuit, p. 64), qui
  l'effraie parce qu'il la laisse sans défense ;
- elle a peur de s'investir jusqu'au bout, car elle
  considère sans doute que c'est s'exposer à une
  perte de soi ;
- elle se protège contre cette peur en abandon-
  nant les gens quand le moment lui semble le
  plus adéquat (« J'ai la science des moments »,
  p. 51) et en refusant tout regret. Elle se convainc
  alors que cette décision est un choix rationnel
  effectué en pleine connaissance de cause.

Soudain, l'apparition du chien lui fait réaliser que
cette tendance à l'abandon systématique est
une violence qu'elle dirige contre elle-même ;
dès lors, elle n'est plus sure de ses sentiments
et, comme le chien, elle fuit « hors de portée, à
moitié folle, délirant d'angoisse et de chagrin »
(p. 61). Consciente de toujours tenir à son amant,
elle sent qu'elle est dans une impasse, tenaillée
entre le besoin de garder ses distances et un
amour qui ne se laisse pas étouffer.

Étonnamment, elle semble retrouver de la légèreté dans les dernières lignes du récit : elle re-

couvre alors son humour en écoutant la radio et a envie de « rire au visage » (p. 62) de son ancien amant. Elle semble donc avoir pris conscience qu'il est inutile de se tourmenter à ce point.

PHIL

Jeune homosexuel rejeté par sa famille, Phil effectue des petits boulots depuis que son père a coupé les ponts avec lui. Très à l'écoute de ses amis, sans pour autant se confier à eux, il aime leur faire croire que rien ne l'atteint, du moins jusqu'à ce qu'il perde son emploi chez Mme Loupe. Dès lors, il en a soudainement assez de n'être que leur soutien et leur explique qu'il a lui aussi ses problèmes. Mais il constate alors que ses amis conservent leurs distances et refusent de l'aider.

Se sentant rejeté par tous, le jeune homme souffre d'insomnies dues à une confusion mentale, une dépression et une perte de repères. C'est alors qu'il décide de rouler à vélo le long de l'autoroute, ce qu'il s'explique par plusieurs raisons. Il peut s'agir :

- d'une manière de protester contre cette société qui n'a pas besoin de lui ;

- d'un « acte politique » (p. 75) contre les autorités qui ont détruit la nature pour construire les autoroutes ;
- d'instaurer une barrière contre ses pensées, et notamment celle du suicide. Il prête alors une attention exacerbée à toutes ses sensations (par exemple lorsqu'il mange ou prend un bain, mais surtout lorsqu'il est sur son vélo) afin de « tenter d'écraser ses pensées comme un insecte malfaisant » (p. 64).

C'est lors de sa rencontre avec le chien que Phil prend conscience de l'impossibilité d'effacer les évènements et pensées qu'il tente d'oublier en roulant. Cette rencontre lui ouvre les yeux sur la manière dont il dénie sa condition de jeune chômeur ; il comprend alors qu'il doit accepter la situation pour avancer.

LA MÈRE

La mère, 40 ans (d'après Anne), a semble-t-il une grande fascination pour le morbide :

- emmenée à la chasse étant jeune par son cousin et futur mari Nico, elle pense avoir « perdu l'occasion de voir la mort en face »

(p. 80) quand ce dernier a manqué de tirer sur un chevreuil ;

- elle se sent naturellement encline à « aimer les faibles » (p. 87) – Nico durant son cancer, puis les veuves de l'association ;
- en revanche, elle n'arrive pas à faire face à la vitalité et à l'indépendance de sa fille Anne. Elle a d'ailleurs une aversion presque viscérale pour elle, n'étant pas parvenue à l'allaiter quand elle était bébé.

Par le passé, Nico la faisait rire et refusait toute tristesse. Il semblait contrebalancer cette tendance morbide chez sa femme, jusqu'à ce qu'il baisse les bras face à la maladie.

Hormis sa relation privilégiée avec Nico, cette mère se sent mieux à l'écart des gens : il n'y a qu'en dehors d'un groupe qu'elle semble pouvoir en apprécier les membres. À cet égard, deux scènes se font écho : à l'hôpital (dans ses souvenirs) et sur la route (« Je me sentais exclue de leur groupe, et cependant baignée de leur présence », p. 88).

D'autre part, elle définissait son couple comme « un noyau », évitant la monotonie et les faux-semblants auxquels ont recours les autres couples pour se maintenir, et conférant à leur union un statut unique, isolé.

Le jour où elle rencontre ce chien sur l'autoroute, elle est la seule à ne pas éprouver le désir de le sauver. Comme Nico, elle abandonne ; elle laisse ce chien à son sort, à une mort certaine. Elle estime, comme son mari avant de mourir, qu'« il n'y a rien à faire » (Les Éditions de Minuit, p. 107). Cet abandon permettra, selon elle, de mourir aux yeux de sa fille pour lui permettre enfin de vivre et de s'épanouir.

ANNE

Cette jeune femme de 20 ans souffre de boulimie. Elle prend des calmants et « passe des nuits entières sans dormir » (p. 98). Elle a honte de son aspect peu féminin et ressent l'obligation de maigrir au point qu'elle s'imagine courant « jusqu'à l'épuisement, jusqu'à la mort » (p. 93). Anne se sent impuissante et « gauche » (p. 96) face à sa mère ; elle pense souvent avoir perdu d'avance quand elle veut s'opposer à elle. Cependant, elle cherche aussi à se rapprocher d'elle.

Manquant totalement de confiance en elle-même, la jeune femme rêve qu'on s'intéresse à elle, que ce qu'elle a de pathétique se transforme en sublime – ses fantasmes sont d'ailleurs souvent autodestructeurs (« Assommée, je serais très belle », p. 101) –, mais elle ne parvient apparemment à exprimer sa détresse qu'en mangeant.

Le pathétique du chien courant sur l'autoroute réveille en elle son manque de confiance ; elle s'identifie très vite à cette bête perdue et en danger de mort : « Ma course, en faisant l'admiration générale, attirera l'œil d'un homme [...] » (Les Éditions de Minuit, p. 125) Elle va jusqu'à nommer ce chien avec son propre prénom. Son envie de le sauver correspond à son désir d'être aimée, d'être regardée et secourue.

CLÉS DE LECTURE

UN ROMAN CHORAL

Attribuer un genre à un roman comme *Le Jour du chien* peut paraitre impossible, voire dommageable pour l'analyse. En effet, il est par exemple difficile de réduire cet ouvrage à un recueil de nouvelles ou à un drame. Certes, les histoires de chacun des personnages sont différentes et uniques, mais elles restent liées entre elles de sorte qu'elles constituent finalement les volets distincts d'un grand ensemble. En outre, même si ces personnages vivent une crise intérieure forte, leurs récits véhiculent aussi beaucoup d'espoir. Cependant, il existe un genre qui tend à recouvrir les différents aspects constitutifs de l'œuvre : le roman choral.

Ce type de roman réunit plusieurs histoires, apparemment sans lien entre elles, racontées par des narrateurs différents. Contrairement à un recueil de nouvelles, l'ensemble des histoires d'un roman choral, en dépit de la pluralité des voix exprimées, finit toujours par trouver un point d'ancrage commun, qu'il s'agisse d'un évènement, d'un lieu, d'un moment précis, d'un objet, etc. C'est bien un type de narration, une structure, qui définit ce genre qui, par ailleurs, s'exprime dans différents registres. D'ailleurs, particulièrement présent au cinéma, il s'incarne également autant dans des comédies dramatiques comme *Love Actually* (2003) ou *Ce que pensent les hommes* (2009), que dans des drames comme *Magnolia* (1999), etc.

Dans *Le Jour du chien*, les histoires semblent d'abord sans lien entre elles. Le récit de l'abbé Jean (le deuxième du roman), par exemple, est sans rapport avec le premier chapitre consacré au camionneur. Les doutes, les angoisses qui tiraillent ces deux hommes – d'une part, l'amour d'un abbé ayant sacrifié sa vie amoureuse à son Dieu ; d'autre part, l'imagination débordante d'un camionneur assaillit par la solitude – ne sont à priori pas comparables. Le lien qui existe entre ces histoires se résume à l'apparition de ce chien échappé sur l'autoroute.

C'est cet évènement unique qui vient rassembler chaque personnage au sein d'une même histoire. Chaque personnage, pris pour lui-même, raconte une histoire qui lui est propre, mais en définitive, à bien considérer l'ensemble du récit, chacune de ces histoires est importante, chaque narrateur apporte sa pierre à l'édifice. Ce « jour du chien », seul lien qui existe entre les différents personnages, possède donc un pouvoir unificateur fort.

Dans le roman choral, cette manière de raconter permet de développer des histoires personnelles tout en invoquant une unité structurelle ainsi que thématique. De fait, le chien est un élément révélateur pour chaque personnage ; à la suite de cet évènement, tous s'interrogent sur eux-mêmes.

Si l'exemple le plus parlant est certainement celui du personnage d'Anne – qui va jusqu'à se confondre avec le chien (« C'est une chienne, elle s'appelle Anne », Les Éditions de Minuit, p. 122) –, chaque personnage est confronté à une forme d'introspection dont l'origine est la vue du chien : « Mon regard a rencontré, par hasard, mon image dans le miroir qui nous faisait face. Je me suis vue au naturel, sans préméditation [...] » (*ibid.*, p. 64), dit la jeune femme en situation de rupture qui se voit, elle aussi, confrontée à sa propre image.

RÉVÉLATION PERSONNELLE ET COMMUNE

La particularité du *Jour du chien* est de raconter six histoires très différentes en partant d'un même évènement, vécu au même moment par six protagonistes. La scène qui les réunit tous s'éclaircit de nouvelle en nouvelle, et ce n'est que dans l'histoire de Phil, le jeune cycliste, que tous les personnages sont finalement rassemblés. Pourtant, au fil de l'œuvre, les enchevêtrements entre les nouvelles renforcent progressivement l'impression de cohésion de ce groupe éphémère. Ainsi, Anne sert le bras de l'abbé Jean quand elle pense le chien perdu ; la chute de Phil est aperçue par le camionneur, qui évoque un « cinglé qui faisait du vélo » (Les Éditions de Minuit, p. 29), etc. Enfin, les deux derniers chapitres sont liés de manière évidente, puisqu'ils parlent d'une mère et de sa fille.

Prétexte à leur rencontre, le chien qui court sur l'autoroute est leur point commun. Malgré leurs individualités prononcées, tous sont marqués par l'animal de façon similaire : il est le déclencheur de leurs réflexions et d'une révélation qui contribue à changer le regard qu'ils portent sur leur vie. Toutefois, cette révélation s'exprime différemment chez chacun d'entre eux ; la multiplicité des perspectives suscite une diversité des interprétations de cet évènement :

- le camionneur se demande si cette apparition n'est pas le fruit de son imagination (« [P]eut-être que le chien je l'ai créé aussi », p. 12). Cela explique sans doute son envie de pleurer tandis qu'il arrête les gens sur l'autoroute en argüant qu'il a peut-être vu un chien. De fait, l'animal lui fait prendre conscience, ne fût-ce qu'un instant, qu'il joue constamment la comédie et que sa vie, sans les histoires qu'il se raconte, est vide de sens ;
- l'abbé Jean voit en ce chien une réponse aux questions qui le tourmentaient. S'identifiant à lui, il comprend qu'il entre dans la dernière étape de sa vie ;
- la femme qui veut rompre a un véritable choc dès lors qu'elle assimile sa fuite perpétuelle à celle de ce chien errant. Un tel bouleversement, chez elle qui n'a habituellement aucun regret lorsqu'elle renonce à quelqu'un, lui révèle le mécanisme de défense – l'abandon – derrière

lequel elle se protège ordinairement ;

- pour Phil, le chien déclenche une prise de conscience du fait que ses « trip[s] » (p. 75) vélocipédiques sont « une course à la mort volontaire » (p. 77). Grâce à cela, le jeune homme se résout à accepter sa condition, à résister « [c]omme tout le monde [...] tous les jours à l'idée de la mort » (*ibid.*) ;

- la mère n'aperçoit pas le chien, mais voit « des arbustes en fleurs là où elle [Anne] voyait une bête en détresse » (p. 91). Cela l'aide à comprendre qu'Anne et elle sont incompatibles, et qu'elle doit se détourner de sa fille afin que celle-ci puisse enfin vivre ;

- Anne découvre en cet animal un tel alter ego (elle se voit comme un « un chien craintif » (p. 98), un chien qui n'intéresse personne). Elle retrouve confiance en elle en discernant la beauté de cette course déterminée, peut-être désespérée, pour trouver quelqu'un (pour le chien, son maitre ; pour elle, l'homme de sa vie).

Étant encore sous le choc, ces différents personnages ne font pas vraiment attention les uns aux autres. Pourtant, cette rencontre de destins divers autour d'un même élément ressemble à une communion silencieuse, à une correspondance discrète entre les choses, d'une beauté qui normalement passe inaperçue, mais que la littérature peut révéler en la suggérant.

LA THÉMATIQUE DE L'ABANDON

Un chien qui court seul sur l'autoroute donne naturellement l'impression d'avoir été abandonné. C'est également ce que pensent les protagonistes du *Jour du chien*, et c'est bien souvent l'une des causes de leur identification à cet animal qui incarne la solitude désespérée. Tous les personnages ont en effet été abandonnés d'une façon ou d'une autre :

- le camionneur par ses parents, puis par sa femme Germaine. Depuis, comme le chien, il « suit une ligne droite » (p. 15) ;
- l'abbé Jean par Sophie, qui a disparu du jour au lendemain ;
- Phil a été renié par son père, puis a lui-même renié ses amis lorsqu'il a compris que ceux-là n'avaient en réalité pas besoin de lui. « Le chien non plus n'avait personne sur qui compter » (p. 74), dit-il ;

- Anne et sa mère ont été abandonnées par Nico à sa mort ;
- quant à la femme qui veut rompre, c'est un cas un peu particulier. Identifiant d'abord le chien à l'amant qu'elle est en passe de quitter, elle réalise ensuite que, dès lors qu'elle tient encore à ce dernier, c'est en fait son amour et une partie d'elle-même qu'elle abandonnera dans cette rupture. « Je suis ce chien, et tu en es le maitre » (p. 59), conclut-elle.

Parmi ces personnages, certains abandonnent autant qu'ils ont été abandonnés. C'est bien sûr le cas de la femme qui veut rompre – elle a même fait de l'abandon une habitude –, mais c'est également celui de la mère, qui s'est davantage éloignée de sa fille, la rendant pratiquement orpheline, après la mort de Nico : « Je fuyais Anne, son vide à elle. » (p. 86) Enfin, c'est peut-être aussi le cas de Phil, que son amie Laura prie pourtant de revenir dans le petit cercle dont il se sent exclu.

De fait, l'apparition du chien, autour de laquelle s'articule véritablement cette thématique de l'abandon, en révèle l'ambivalence. Elle dénonce en quelque sorte amèrement ce cercle vicieux dans lequel se sont enfermés ces différents personnages : à leur image, cet animal abandonné, abandonne à son tour – par sa course trop rapide –, les gens qui tentent de l'aider.

Dans *Le Jour du chien*, plus que l'animal lui-même, c'est ce qu'il représente, c'est l'abandon d'un être fragilisé qui suscite autant d'émotion chez les différents personnages du roman. Tous voient en ce chien une partie d'eux-mêmes, en détresse et désorientée : « Le chien courait comme une âme damnée [...] » (Les Éditions de Minuit, p. 123) Si cet animal touche si profondément ce petit groupe de personnes en crise, c'est qu'il agit comme un miroir sur les personnes qui le croisent. Par sa fragilité et son innocence, il interpelle. Le chien ne sera pas sauvé ni même approché par les personnes qui s'arrêtent pour lui porter secours, comme si la part d'eux-mêmes qu'ils tentent de renier devait mourir. Il s'agit ici de lâcher prise, de se pardonner et d'avancer...

AU-DELÀ DES APPARENCES

Un réseau d'images

Outre une lecture immédiate, *Le Jour du chien*

appelle également une étude plus approfondie en raison des nombreux signes et motifs qui y sont disséminés. Ce réseau d'images, dont certaines reviennent régulièrement, crée des liens plus imperceptibles, plus fins entre les histoires auxquelles il apporte un supplément de sens :

- la lumière, nourrissante, représente l'espoir en ce sens qu'elle aide à mieux vivre. On la retrouve chez le camionneur, qui aime la « lumière comme du lait » (p. 23) les soirs de printemps. C'est également la lumière des saules, dont Sophie est privée, qui pousse l'abbé Jean à tenter de lui redonner espoir ;
- l'action de courir est aussi un motif récurrent. Alors que l'abbé Jean et la femme qui veut rompre perçoivent la course comme une fuite aveugle (devant la mort, la douleur) et que Phil se la représente comme une peine en pure perte (les chômeurs, pour lui, courent après on ne sait quoi sans que cela n'intéresse personne), chez Anne, elle apparait finalement comme un accomplissement de soi, un effort tendu vers un but, fût-il inatteignable ;
- on retrouve encore le motif du vomissement. Il est signe de rejet chez Anne – qui se trouve

trop grosse. Chez la femme qui veut rompre, il intervient lorsqu'elle repousse avec humour l'« Immense Amour » (p. 62) et, chez Phil, durant sa dépression, tandis qu'il cherche à provoquer lui-même cette réaction.

La possibilité d'une lecture plus fouillée de l'œuvre peut de surcroit être mise en parallèle avec le fait que le livre pénètre l'intériorité de personnages à première vue très ordinaires pour révéler leur surprenante richesse intérieure. Ainsi, le camionneur, exemple typique de l'individu auquel on ne fait pas attention, a un tempérament poétique, est très observateur et « voit beaucoup plus de choses de la vie qu'un type dans un bureau » (p. 9) ; son besoin d'exprimer ces « choses » lui est d'ailleurs essentiel.

Le réel et l'imaginaire

Les différentes thématiques abordées dans les six chapitres du roman le sont à travers une perspective unique : outre les évènements factuels tels qu'une rencontre, la perte d'un emploi, une interview, un rendez-vous de rupture ou encore la mort d'un proche, le roman dépeint toujours une intériorité, une personnalité unique. Dès lors, pour nous faire pénétrer dans l'intimité et l'état d'esprit de ces personnages, de nombreuses thématiques sont abordées et s'enchainent de manière rapide et parfois peu linéaire : la chronologie du texte participe à cette impression que l'on a d'osciller entre la psyché, l'imaginaire du personnage et l'histoire de ce dernier.

Surtout, afin de raconter au mieux ces états d'âme, il semble que le discours doive en passer par des métaphores parfois fortement imagées, voire quelque peu fantasques.

La jeune femme en pleine rupture compare la fin de sa relation à la mort : « Nous sommes morts, en quelques mots sublimes [...]. Nous avons disposé autour de nous quelques couronnes mortuaires, ornées de belles paroles [...] » (Les Éditions de Minuit, p. 71) L'abbé Jean, pour exprimer sa dévotion et son amour, affirme en recourant aux images religieuses : « Lorsque le visage aimé disparait, on voudrait en reprendre possession le manger du regard, l'incorporer comme une hostie, boire à nouveau à sa source sacramentelle. » (*ibid.*, p. 53) Plus que des métaphores, le camionneur s'invente une vie et mêle ainsi étroitement imaginaire et réalité.

L'araignée est également un motif qui oscille entre imaginaire et réalité. Phil pense voir flotter une araignée qui est, en réalité, attachée à un fil qu'elle aura tissé. Cet animal menaçant incarne l'angoisse qu'il nourrit à l'égard de sa propre dépression.

Globalement, il semble que pour décrire les états d'âme et émotions humaines, le réel ne suffise plus. Pour réussir au mieux cette description de l'indicible, les motifs et signes abordés sont nombreux et s'enchainent rapidement.

Le *Jour du chien* est donc un roman choral dont l'évènement fédérateur est la fuite d'un chien sur l'autoroute. Cette rencontre fortuite permet de croiser différents destins qui semblent pourtant sans lien entre eux. La pluralité des voix exprime une révélation commune aux différents personnages, bien que chacun d'entre eux la vive de manière personnelle. Le chien exhume quelque chose de l'intériorité enfouie de ces personnages qui semblent tous avoir connu un sentiment d'abandon. Ces différentes intériorités, décrites de manière distincte par chaque narrateur, semblent tisser un réseau d'images et de motifs complexes tout au long du roman.

PISTES DE RÉFLEXION

QUELQUES QUESTIONS POUR APPROFONDIR SA RÉFLEXION...

- En quoi *Le Jour du chien* peut-il être considéré comme un roman, d'une part, et comme un recueil de nouvelles d'autre part ?
- Quels sont les points communs entre les différents personnages ?
- Que pensez-vous de la réaction du camionneur face à l'abandon ?
- Comparez l'histoire de la lutte de Jacob avec l'ange à l'histoire de l'abbé Jean.
- Un motif que l'on retrouve notamment chez l'abbé Jean et chez Phil est celui de la blessure. Que vous inspire-t-il ?
- Donnez des exemples de passages où Phil exprime une hostilité latente envers la société. Pensez-vous qu'il s'avoue ouvertement cette hostilité ? Pourquoi ?
- Comment le thème du sexe est-il traité à travers le livre ?
- La femme qui veut rompre emploie de

nombreuses métaphores et évoque de multiples correspondances poétiques entre les éléments. Démontrez cette tendance à l'aide d'exemples. À votre avis, pourquoi adopte-t-elle un tel langage ?

- Comment décririez-vous le style de Caroline Lamarche ?
- Personnellement, que vous inspirerait la vision d'un chien sur l'autoroute ?

Votre avis nous intéresse !
Laissez un commentaire sur le site de votre
librairie en ligne
et partagez vos coups de cœur sur les réseaux
sociaux !

POUR ALLER PLUS LOIN

ÉDITIONS DE RÉFÉRENCE

- Lamarche C., *Le Jour du chien*, Bruxelles, Éditions Luc Pire, coll. « Espace Nord », 2008.
- Lamarche C., *Le Jour du chien*, Paris, Les Éditions de Minuit, 1996.

Retrouvez notre offre complète sur lePetitLittéraire.fr

- des fiches de lectures
- des commentaires littéraires
- des questionnaires de lecture
- des résumés

ANOUILH
- Antigone

AUSTEN
- Orgueil et Préjugés

BALZAC
- Eugénie Grandet
- Le Père Goriot
- Illusions perdues

BARJAVEL
- La Nuit des temps

BEAUMARCHAIS
- Le Mariage de Figaro

BECKETT
- En attendant Godot

BRETON
- Nadja

CAMUS
- La Peste
- Les Justes
- L'Étranger

CARRÈRE
- Limonov

CÉLINE
- Voyage au bout de la nuit

CERVANTÈS
- Don Quichotte de la Manche

CHATEAUBRIAND
- Mémoires d'outre-tombe

CHODERLOS DE LACLOS
- Les Liaisons dangereuses

CHRÉTIEN DE TROYES
- Yvain ou le Chevalier au lion

CHRISTIE
- Dix Petits Nègres

CLAUDEL
- La Petite Fille de Monsieur Linh
- Le Rapport de Brodeck

COELHO
- L'Alchimiste

CONAN DOYLE
- Le Chien des Baskerville

DAI SIJIE
- Balzac et la Petite Tailleuse chinoise

DE GAULLE
- Mémoires de guerre III. Le Salut. 1944-1946

DE VIGAN
- No et moi

DICKER
- La Vérité sur l'affaire Harry Quebert

DIDEROT
- Supplément au Voyage de Bougainville

DUMAS
- Les Trois Mousquetaires

ÉNARD
- Parlez-leur de batailles, de rois et d'éléphants

FERRARI
- Le Sermon sur la chute de Rome

FLAUBERT
- Madame Bovary

FRANK
- Journal d'Anne Frank

FRED VARGAS
- Pars vite et reviens tard

GARY
- La Vie devant soi

GAUDÉ
- La Mort du roi Tsongor
- Le Soleil des Scorta

GAUTIER
- La Morte amoureuse
- Le Capitaine Fracasse

GAVALDA
- 35 kilos d'espoir

GIDE
- Les Faux-Monnayeurs

GIONO
- Le Grand Troupeau
- Le Hussard sur le toit

GIRAUDOUX
- La guerre de Troie n'aura pas lieu

GOLDING
- Sa Majesté des Mouches

GRIMBERT
- Un secret

HEMINGWAY
- Le Vieil Homme et la Mer

HESSEL
- Indignez-vous !

HOMÈRE
- L'Odyssée

HUGO
- Le Dernier Jour d'un condamné
- Les Misérables
- Notre-Dame de Paris

HUXLEY
- Le Meilleur des mondes

IONESCO
- Rhinocéros
- La Cantatrice chauve

JARY
- Ubu roi

JENNI
- L'Art français de la guerre

JOFFO
- Un sac de billes

KAFKA
- La Métamorphose

KEROUAC
- Sur la route

KESSEL
- Le Lion

LARSSON
- Millenium 1. Les hommes qui n'aimaient pas les femmes

LE CLÉZIO
- Mondo

LEVI
- Si c'est un homme

LEVY
- Et si c'était vrai…

MAALOUF
- Léon l'Africain

MALRAUX
- La Condition
  humaine

MARIVAUX
- La Double
  Inconstance
- Le Jeu de l'amour
  et du hasard

MARTINEZ
- Du domaine
  des murmures

MAUPASSANT
- Boule de suif
- Le Horla
- Une vie

MAURIAC
- Le Nœud
  de vipères

MAURIAC
- Le Sagouin

MÉRIMÉE
- Tamango
- Colomba

MERLE
- La mort est
  mon métier

MOLIÈRE
- Le Misanthrope
- L'Avare
- Le Bourgeois
  gentilhomme

MONTAIGNE
- Essais

MORPURGO
- Le Roi Arthur

MUSSET
- Lorenzaccio

MUSSO
- Que serais-je
  sans toi ?

NOTHOMB
- Stupeur et
  Tremblements

ORWELL
- La Ferme
  des animaux
- 1984

PAGNOL
- La Gloire de
  mon père

PANCOL
- Les Yeux jaunes
  des crocodiles

PASCAL
- Pensées

PENNAC
- Au bonheur
  des ogres

POE
- La Chute de la
  maison Usher

PROUST
- Du côté de
  chez Swann

QUENEAU
- Zazie dans
  le métro

QUIGNARD
- Tous les matins
  du monde

RABELAIS
- Gargantua

RACINE
- Andromaque
- Britannicus
- Phèdre

ROUSSEAU
- Confessions

ROSTAND
- Cyrano de
  Bergerac

ROWLING
- Harry Potter à
  l'école des sor-
  ciers

SAINT-EXUPÉRY
- Le Petit Prince
- Vol de nuit

SARTRE
- Huis clos
- La Nausée
- Les Mouches

SCHLINK
- Le Liseur

SCHMITT
- La Part de l'autre
- Oscar et la
  Dame rose

SEPULVEDA
- Le Vieux qui
  lisait des romans
  d'amour

SHAKESPEARE
- Roméo et Juliette

SIMENON
- Le Chien jaune

STEEMAN
- L'Assassin
  habite au 21

STEINBECK
- Des souris et
  des hommes

STENDHAL
- Le Rouge et
  le Noir

STEVENSON
- L'Île au trésor

SÜSKIND
- Le Parfum

TOLSTOÏ
- Anna Karénine

TOURNIER
- Vendredi ou
  la Vie sauvage

TOUSSAINT
- Fuir

UHLMAN
- L'Ami retrouvé

VERNE
- Le Tour
  du monde
  en 80 jours
- Vingt mille
  lieues sous
  les mers
- Voyage au
  centre de
  la terre

VIAN
- L'Écume des jours

VOLTAIRE
- Candide

WELLS
- La Guerre des
  mondes

YOURCENAR
- Mémoires
  d'Hadrien

ZOLA
- Au bonheur
  des dames
- L'Assommoir
- Germinal

ZWEIG
- Le Joueur
  d'échecs

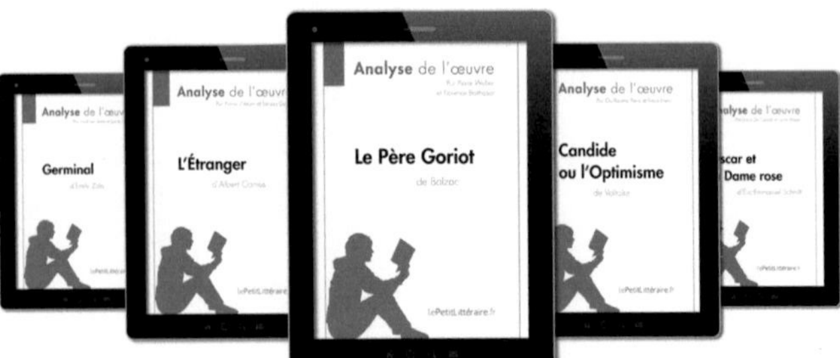

www.lepetitlitteraire.fr

ISBN version numérique : 978-2-8062-1996-1
ISBN version papier : 978-2-8062-1141-5
Dépôt légal : D/2017/12603/852

Avec la collaboration de Marie-Sophie Wauquez pour les chapitres « Un roman choral » et « Le réel et l'imaginaire ».

Conception numérique : Primento, le partenaire numérique des éditeurs.

Ce titre a été réalisé avec le soutien de la Fédération Wallonie-Bruxelles, Service général des Lettres et du Livre.